花蜜柑

HANA MIKAN

安武　貴美子

文芸社

花蜜柑

奥山に菫の末裔潜みける

夕桜かくもあはれに散らねども

角切られたる鹿の涙か草露か

蒲公英に以前の在所尋ねたし

春蛸の酢に浸されし疣の哀しき

悲哀など微塵もみせじ初燕

歪なる茄子紫の鮮やなり

夜半の蛙一斉に鳴き初む

火に入りし夏虫遂に戻らざる

夏涼し奥谷に平家塚ありぬ

留まりて沙羅一輪静寂なる

雑草に紛れし白茅刃持つ

盛衰を極めし朝顔種子となる

冬鴉好みて止まる木ありぬ

柿の木の幾年かけて実をつけむ

初夏の大魚の背かかり稚魚泳けり

螳螂の誰を討たむと鎌上げむ

蟹の子の甲羅未だ柔らかき

黒揚羽亡骸さへも美しき

夜の蜘蛛影武者の如現れむ

秋蜻蛉われの行方に飛びにけり

紅椿留まるもよし散るもよし

昼顔の地を這うていのち尽くせし

遠目にも山の躑躅と覚えたり

逝くも遺るも運命なり星冴ゆる
未だ蕾のままなる桜かな
桜散るひとひらたりと留まらじ

秋遍路足早に通り過ぐ

返り花持ちこたへたりきのふけふ

春風のひと山ふた山越えて来む

宙摑み凌霄花伸び止みぬ
明易しかろき地震みたび来む
紫雲英焼かれたる如枯れ縮む

暫くは花留まりて咲かしめよ

著莪咲くや雨の雫の残りけり

朝顔の盛り過ぎたる小花かな

遅桜散り急くことのなかれけり

葉桜や花のころなつかしきかな

若衆の剃り際さやか秋祭

菜ノ花や路傍の札所立ち寄りぬ

ひとつにとどまるにあらず春隣

けふひと日春懐に眠りたし

朝霧濃し未だ明けやらず里の冬

寂しさや秋七種を数へをり

空海に導かれゐし遍路かな

廃屋に紫陽花時を忘れゐず

もろこしの粒揃ひしや清々し

葱極め坊主となりぬ葱坊主

聖夜なり祈りてもなほとどかざる

連なりて山五月雨を授かりぬ

七月の今宵の月を見とどけむ

新芋の浅手にて大事に至らず

如何やうに咲くもよきかな矢車草

風すこし夏朝焼の寂しかり

落葉頓ては土に還るでせう

種多し西瓜元祖を食うぶなり

炎天や虫も人も焼かれをり

雛の日魂ある如くをはします

炎天に生かされをりぬ我等かな

夏最中老女一心に髪結ひぬ

今も尚水打ってをり夏夕べ

ひと雨を給はりたしや夏日盛

理由あって猫炎天に動かざる

番犬の丸まって暖とってをり

川向うの曼珠沙華微笑まざりき

門火焚く三代前を知らざるや

新涼の川の流れの迅きかな

花野にて束の間花のみ思ひける

ひと日をば終へし木槿の潔し

此の世はかなみ秋をみぬまに虫逝けり

一寸先の闇知らで耳元の蚊

忘られし胡瓜太りて止まざらむ

実の堅しもろこしの葉の枯れゐたり
赤まんまひと粒たりとこぼすまじ
振りむけど秋風の吹くばかりなり

初雪の掌に露となりけり

お接待受け給はりて秋遍路

一羽のみ秋夕焼をよぎりけり

湾上に虹のかかりぬ夏初

石榴あかくあかく空の青しや

晩秋の霧の峠を越えゆかむ

峠より秋太洋を望みける
生くるのみ大海原を鳥渡る
授かりしけふ此の秋を愛でにけり

天蒼し川原一面枯芒

冬めくや名も知らぬ虫迷ひ出づ

初時雨これより時の慌し

七五三身丈半分帯の占め

霜白し盆地の朝の明け遅し

秋の浜漁師網を繕ひぬ

渓谷の紅葉未だ三分染め

寂しさや山のつつじの返り咲き

金色に雨後の紅葉の輝けり

晴ればれと雪の頂仰ぐなり

残菊や心ゆくまで咲かしめよ

後の時雨来ぬ間に用足しぬ

風小僧向うの山より来て遊ぶ

鰯雲徐々に姿を変えにけり

恙無く蓑虫風に逆らはず

宙を斬る如くに氷雨降りにけり

南にゐて淡き冬陽授かりぬ

新畳座して秋暑の覚えあり

淡雪やをみなの眉掠めける

病とて授かりしものの冬に入る

蒼天に紅山茶花の明るさよ

晩秋や海は沖より暮れ泥む

五分咲きの白菊の真白であらず

秋刀魚僅かに口を開ひてをり

夜の雪闇間より踊り出む

塀越えし小枝の梅の遊びける

人逝くや浄土へ秋の旅支度

花寂びや生きてゆきつくところ無し

満潮に呑まれさうなる春の暮

落葉廻りて風の吹き溜まり

山峡を黙して行けり秋遍路

大いなる枯野斜めに雲渡る

冬魚河岸の魚も人も活きの良し

大寒の暦に違はぬ日となりぬ

蓬葉の硬きは残し摘みにけり

化粧塩施されゐし鮎晴姿

大降りに身動ぎもせじ蝸牛

山の端に時には軽し冬の雲

守柿の天に向ひて笑ひをり

大根一本けふ使ひきる

大根葉に大き穴あり陽の射しぬ

青々と葱のみ育つ畑あり

凩の行方は知らで今朝の空

地に芒天に昼月ありにけり

新しき手袋の馴染み難しや

石鎚の初冠雪の報あり

冬の朝納豆の糸伸び難し

奔流へ和して紅葉の流るるや

冬座敷一族の円座せむ

忘れしや摘み来し秋草委えてをり

人恋し秋山鳩の来て啼けり

除夜の鐘いのちあらば生くるのみ

喪の家の仏間に初日射しにけり

雑踏にありてひとりや秋の暮

華やぎぬ繭玉のある座敷かな

一歩毎足場確かむ雪の道

白菜の芯の黄なるはあたたかし

天仰ぎ昼月拝す芒かな

雨止みて更に寒さの増しにけり

日盛りに蟻の集ひて何しをる

来し方も行方もなし小春あり

久方に故郷訪はば梅真白

一向に風衰へず雪となる

夏空の俄に形相変えにけり
めらめらと燃ゆる如冬の満月
はろばろと北の方より来て吹きぬ

人の世に紛れ込みたる秋の蝶

毛糸玉よく転がりて編み上る

冬帽子よく編み上り肩凝りぬ

師走なり急く事はなし時去らじ

今昔落葉焚なぞせし事ありし

春寒し土中より出番伺ひぬ

枯蓮や空の青さの目に沁みぬ

万両の実のある辺り華やぎぬ

立ち止まり犬初雪をちらと見む

一向に開く気配なき桜かな

土筆の子生れしこの世如何かな

桔梗開く五裂まことに美しく

花菖蒲濃いも薄いもよろしけれ

寒鰤の未だ勢ひありにらまれぬ

緑陰にむすめとわたくし隠れゐむ

冬雲の見馴れぬ形してをりぬ

賀状書く一文字たりと誤らじ

千に切る紅白膾作らむや

我がいのちあらばこそこの疣生きむ
秋彼岸墓山の中復にあり
日向ぼこ塵ひとつ干されゐむ

雛納これより一年幽閉す

手の甲の皺鮮やなり春来たる

除夜の鐘寺近きにてよく響き

辛うじて熟柿の留まりをりぬ

逸早く駆け付けてをり春の風

徒に時過ごすなかれ夜長かな

寒月や思ふやうには生きられぬ

線香に燻されてをる藪蚊かな

卯ノ刻をすこしまはりて冬起きぬ

山葵田の此ノ上もなく水清し

容赦無き雨にすべなく蝸牛

盆梅の一部始終をみとどけむ

迂闊にも朝顔開く時見落としぬ

萩の餅先づ御仏に供えたり

梅雨時の和服のをみなの裾捌き

翡翠の形振り構はず啼ひてをり

仰形に構へてをりぬ菊人形

兜虫相打ちになり身動ぎぬ

夕刻よりの雨霙となりぬ

青嵐草てふ草薙ぎ倒す

経緯は如何にせよ木瓜返り咲く

貝寄風や明るき未来あるやうな

炎天に茹るが如く生きゐるや

人逝くや馴染みし此ノ世後にして

持て成しは緑濃き新茶なりけり

時慌しく大つごもりとなりにけり

七草や帰省子京へ旅立ちぬ

ふるさとの冬の浅橋寂しかり
雪山を背景にまた雪降りぬ
白梅の枯れし後にも香ほのか

時雨るるや只今峠越えむとす

ひらくたび枝の撓うや大でまり

をみな子もまぢりて打つや秋太鼓

烏賊串に刺されむ干涸らびゐるや

山吹の花散る頃に華やげり

紅梅の開かば紅の薄からむ

多難なりし年やうやう暮れにけり

新涼や遠方よりの客ありぬ

冬星や夢のままなる我の夢

こころなし身の軽けしや春近き

寒行の托鉢僧の足厳し

七五三玉砂利踏みて後づさり

水仙の潮の匂ひに勝りけり

来し方のはろかなりけり雲の峰

秋茄子の紫よけれ暫し見ゆ

春雨の降り初めし頃覚えなし

此ノ頃の月後の月といふなり

黒潮に遊びてまぐろ捕はるる

菊一輪一輪をもて亡骸に
秋蜻蛉微風にさへも流さるる
今も尚志あり五月来ぬ

此れ以上荷持てぬなり晩夏かな

石蕗沖へ沖へと咲きにけり

よきことありし日の寒月ぬくし

鶯の身の上知らで聞きにけり

猫柳この川辺より他知らず

侘助のうつむきゐたる花愛でむ

初暦これより運命如何なるや

犬ふぐりよけむとしては躓きぬ

畦に咲く犬ふぐり踏みさうになり

冬参る御四国四十三番明石寺

此ノ年の夏ともわかれ風とゐむ

青紫蘇により近づひて嗅ぎにけり

夕立来む大地叩かれをりにけり

夏夕べ人影もなし凪ひでをり

散り際の鮮やなりけり薔薇くれなゐ

冬菜あり夕餉の支度掛からむや

雪景の日当れども変化せず

白菜の大株抱ひて潤へり

故郷の人々一斉に老いにけり

桔梗の紫なれこそよかれけり

一日を飛び終へし冬鴉かな

誰彼もゐなくなるなり寒月夜

逝く時も生れし時もひとりかな

春雪の束ノ間姿留めをり

白梅の散り時知りて静もりぬ

かりそめの世に生きてをり餅食うぶ

苺未だ浅みどりなる小ささこと

藪椿既に落花の後なるや

春一番礼を尽くしぬ去りにけり

蕗の薹晴れて地表の草となる

夕立や向うは晴れてをりにけり

三月の惜別の日の空青し

風強し夜雪となりにけるかも

貝寄風や岬半島横たはる

葱とてや美しき花咲かせませう

白菜の巻ひてはをらず萎えてをり

何遍も参りし寺やけふ桜

幾度も歩きし此ノ道春浅き

予報とは裏腹に春慌れむ

勾配を夫婦遍路の登りけり

啓蟄の恙無きかやみなのもの

他意はなし只青梅を捥ぎりたし

平野部は既に終りし桜かな

口遊むは秋の歌夕暮れむ

三月のけふも雨降る静まれり

春雀人見知りの癖未だあり

青柿のしかと形の整ひて

いつもより高く飛びをり春の鳶

猫と人見合ってをりぬ春の昼

丹念に灰汁掬ひをり秋夕べ

大南瓜畑に居座り動かざる

今宵此ノ家の片遇に蜆砂吐く

汐干狩腰痛の身に過酷なり

沁み沁みと寒の小菊を見入るかな

秋雨の三日も降りて止まぬなり

梟の一族残し来て啼けり

出で立ちの整ひてをり春の朝

蟬の亡骸両手に包み葬らむ

美しき白魚のこころ誰知らう

けふは朝よりよく啼けり春鴉

霊山寺此処より遍路旅始

独学もまたよろしけれ夜長かな

菜ノ花の不揃ひにして咲き初むる

眠らざる魂ひとつ春あけぼの

春暁や味噌汁の具を何とせう

心尽くしの花一輪小春の日

送り梅雨思ひの他の長居かな

美しく小粉団の花かたぶきぬ

晩春や大き黒鯛看取りけり

この桜週末あたり見頃かな

春の雪遠慮はいらぬどかと降れ

葱坊主頼るるもののなかれけり

谷深し老桜美しきかな

晩秋や雨足強し霧も出む

春嵐傘さす人の濡れ至り

菜種梅雨ちと降り過ぎてゐはせぬか

山つつじ山に馴染みて花ざかり

秋深し日溜まりに雀集ひぬ

寂しさや風なき午の鯉のぼり

天青し微風あり罌粟淡く咲く

娘はや十九歳となりぬ花蜜柑

蜩のきのふより鳴かぬなりけり

真中に餡収まりて草饅頭

近きに住みてふるさと想ふ暮の秋

鮭五郎も潮流に乗りたからう

木蓮に添ひて己も天仰ぐ

夜桜の美しければなほ寂し

またあふこともあるでせう白き蝶

ゆくゆくは大樹とならうこの桜

秋の日や雲の行方を追ひにけり

物事の善し悪し確かむ今朝の秋

朝顔の種のころより親しきに

白南風とおぼしき風の吹きぬけむ

みな落花してをり口惜しき

大根の漬かり具合ひを確かむる

新盆や人は後にて悔ひぬなり

幻か吹雪となりて花散りぬ

囀りのこころ解せねど命尊し

頬被りされし梨よく育ちをり

宙を斬る燕まことに潔し

下り来て春暮の海に紛れむや

突然の雨に雲雀の慌てをり

ゆるやかに時過ぎにけり夕牡丹

菜ノ花の果てに何あらう薄曇

満潮の海あたたかし春の暮

里に住み潮の匂ひのなつかしき

夕風に萩乱るるや紫淡し

芥子の花ひらかば凛と頭上ぐ

鯥五郎泥を冠りて逝き給ふ

薔薇ひらく既に心の定まりし

一つに拘はり一品欠けり春夕餉

春の宵夕刻よりの風怪し

谷深し夏の日輪とどかざる

神妙に童子粽の紐解きぬ

燕子の喉奥までも見せをるや

この眠りより覚めずとも不可思議なしや

春愁や己の為に粥炊きぬ

葱洗ふ根元の方を好みけり

枯れし朝顔雁子搦めにされをりぬ

只今は春の嵐に見舞はれむ

古里は穏やかなりて花曇

あぢさゐや今七色のどの辺り

漲りて無心なりけり夏の水

掻けど又落つ落葉掻き日昃りぬ

黒雲もちりぢりにあり大夕焼

姿よき芒五六本持ち帰らむ

墓近く水引の花ありにけり

颱風に逆らへず人土嚢積む

どの家にも連翹ありぬ古里かな

着膨れし母の背さらにまるまりぬ

白き蝶宙漂へる真昼野に

秋草のひとつひとつの名を呼びぬ

母の日の吾に母ある幸よ

秋日傘さして霧雨除けにけり

日暮れて睡蓮眠りに入りにけり

石鹼玉上昇気流に乗りにけり

夕暮れて桜の下をそぞろゆく

外出して少し疲れし薄暑かな

踞みてはそと触れてみむ桜草

緑陰に幼子とゐる母やさし

境内の裏一面の落椿

畦渡る風も清しき薄暑かな

高きより泰山木の花見ゆる

夜半よりの雨も上らむ初夏なるや

暁に一番鴉啼く五月
笠持つ人持たぬ人遍路ゆく
さくらんぼ揺らし見ゆるも楽しけれ

葉がくれに実梅ほんのり美しき

岬山の頂までも花蜜柑

百日紅未だ咲きをりぬ高き塀

夏の雨上りし後の事思ふ

真昼中窓に蜥蜴の張り付きぬ

平家蛍小さき灯り点しゐむ

春なるや虫の輪中に突進す

二人入り遠慮の多し日傘かな

霞賑やかし天より授かりぬ

門火焚く仏そろそろ来給ふや

終戦記念日永遠に御霊の尊かり

古里は盆地なりけり雪深し

傍らに二三軒あり植田かな

参る者なき墓閑か秋彼岸

無縁仏寄り添ひぬ秋彼岸

ゆふべの蛍朝露に絶えにけり

抜きん出て風授かるや泡立草

夢の中にて夢と思ふや秋の夜

主七代目也冬座敷

晩秋や暗き本堂に静座せむ

成すことあれど成さぬなり春の宵

明日は如何なる今宵月朧なり

一語をば授かり給ひし春霞

常々に我は我なり鰯雲

就中甘きに勝る長十郎

風吹きぬ時に飛蝗の飛びにけり

小鳥来む束の間遊びて帰りけり

秋風に押されゐむ如急く思ひ

この時刻あの駅辺り人待つ夏

幾駅か山の駅経て秋のまち

前梅雨や一旦上りてまた降れり

誰彼となく思ひ出づらむ初時雨

蜘蛛の子の只只畳這ひ廻り

春の雨傘さすほどのことなきに

一枚羽織りて書を読みぬ十三夜

海辺に人疎らなる八月尽

いと小さき夏虫の迷ひ込み

水無月の空飛ぶ虫や勢ひなし

桃食めば果汁滴り落つるかな

足元に纏はり飛ぶや青蛙

生きてゐるよと草苺揺れてゐる

花菖蒲姿よろしく老いにけり

晩夏なり波に掠はる貝の殻

植田あり風よ強く吹くなかれ

春の陽に塵煌けるこの世なり

一世をば子をふたり産み後何為さむ

熔接の青き光よ夏盛

鳶職の汗干涸らびぬ塩となる

梅雨の間の空に煙の這ひ上る

朝よりの農夫未だをり青田中

夾竹桃路面に咲きて色失せり

梅雨晴間干し物色々ありまする

鈴蘭の二三本咲き北見やる

水馬輪ひろごりて寂しかり

歩止めむや否や玉の汗

青梅の俄に太り始むるや

立葵雨も降らぬに勢ひあり

野の六種に庭のきちかう添へにけり

颱風の目に入りしか無気味なり

四人をり先に入りて冬灯す

遠山の雪未だ残り月変はる

梅雨明を遅しと日輪厳しきに

無断にて我刺す蚊をば退治せむ

海透きて美し水母立泳ぎ

篝火に鵜の喉元の哀しかり

どの地にも馴染み易しや泡立草

囀の四方に響き澄みにけり

海峡の春潮激し岬へと

秋深し身ノ上人に語りたし

万緑の隙間より空覗くかな

半世紀をば生きのびて初夏にゐむ

夕焼へ全力疾走虫一匹

雨後更に艶増しにけり石蕗大葉

視界良好なり雲の峰

未だ照り足らぬのか西日射す

西日射す家に古びし簾かな

葉の匂ひたっぷり移り柏餅

遠泳のをのこまっすぐ島目指す

麦藁帽子大人の物を冠りをり

傾きぬ地蔵も一体晩夏かな

笹舟を水面に乗せて見送りぬ

風邪熱高し不吉なる夢見つづけむ

御神籤の吉と出たかや梅蕾

日和よし吾亦紅の囁ける

ゆふぐれの遍路ひとりや急ぎ足

予てより思ひし事を成せし春

山急勾配なり蜜柑撓はなる

郭公小枝にしかと摑まりて
蜘蛛の巣の雨蒙りて破れたり
輪の下に何かゐるらし梅雨の川

梅雨深し山も人もくたぶれゐるや

午後となり青梅落とされしまひけり

我家と思ひ絶えてをり蜘蛛二匹

波高く踊らむ晩夏なり

腰折りて母梅漬けをりぬ

朝顔のもふ咲かぬなり今朝の風

懸命に咲ひてをります日日草

蚊とてやいのち欲して刺しまする

枯花付けしまま胡瓜伸びにけり

颱風去り又ひとつ伺ひをりぬ

ひとなひてもらひなきする初冬かな

春暁や夢の中にてなひてをり

人生きて幾何のなみだ流さむや

東中南予総梅雨晴也

日輪も顔出してをり夏の雨

もろこしを覗ひて粒を確かむる
大き枇杷なり種もまた大きかり
とまともふ熟れたかや案ぢゐる

横顔の整ひてをり稲光

御仏にまぎれ踊踊るらむ

ふるさとに空家の多し門火焚く

わが影の只只長し春の夜

我が闇に丁字の香りあたたかし

或る時は月に恃みて依りかかり

無月とて瞑らば月のありにけり

今あるのみぞ冬銀河見てをりぬ

日輪へ二の腕晒し更衣

雨の黄昏卯の花更にこぼるるや

どの墓に入るもおなぢや送り盆

来た道を戻りしけふの荻の風

鰯雲まだありぬ帰り道

昼月を仰ぎつゆくや秋の道

西瓜叩ひて熟れ具合確かむる

難蒙りて生きてをり涅槃西風

慇懃に礼なす人や冬初

貧しくも充実の過去寒茜

春暁や人彼岸へと近づきぬ

桜散り人散りぬ南無妙法蓮華経

彼岸まで鳳仙花種飛ばさむか

薔薇に雨降る傘さしかけぬかな

何物にも囚はれぬ秋夕焼

反り返り蜜柑山見てをりぬかな

暁の星我等大地に瞬時を生きむ

月に添ふ如宵の一つ星かな

ゆふべ蕾のひらきをり明易し

野に破れ小屋あり夏草深し

滞り無く事運びをり炎天下

御自愛下されれ夫婦秋遍路

いのち惜しき蜘蛛死んだふりせむ

いのち終りと思ひけり流行性大感冒

歳月を人流るるや涅槃西風

普段着の臥れゐしや夏の果

如何なる折とて望みもて春浅き

一族の何処にをはすや残る虫

病治むるを只待つ花の夜

なみだまだあり流るるや星月夜

凌霄花術無き蔓を垂らしむる

そぞろ寒畦ゆく人の不意に消ゆ

青とまと未完の香り放ちけり

午の浜蟹二三匹這ひ廻る

或る事に拘はりゐむや花の冷

何事も疎かにせじ年暮るる

いつもの老人けふは見かけぬ春浅し

蹲る背の愛しき日向ぼこ

夏の朝焼いのち賜はり生きてゐむ

約束の時少し過ぎ小夜時雨

ゆふぐれの青鬼灯の愛しかり

又ひとついのち消ゆらむ秋白し

汗まみれにて床拭ひてをりまする

宵よりの蟋蟀もふ暁のころ

脳天より虫のこゑ沁み入りぬ

一切をわれに恃まむ春の雪

ゆふぐれの寒菊暫し見守りぬ

なくつもりなきになみだや朧月

病む人の息確かむる月の夜

憑かれたる如踊りゐむ灯青し

歳月の愛しかりしよ冬銀河

何れ我等も逝くだらう盆の月

未だ宵のころ霰降る

秋暑し磨げど澄まぬや米の水

牛鬼大仰に首振りぬ秋祭

土笛をより遠のひて聴く立冬

栗の形整へてゐむ夕日射す

夕方の用事長びき時雨けり

野の萩も吾も無事にて再会す

短日を急ひて戻りて賄ひす

青天に朱く愛しき柿ひとつ

石ころころと狗尾草の吹かれをり
颱風の当地は通過御地へと
謂れ無きに蟷螂に睨まれぬ

下る時合歓の花に見送らる

西瓜の名はとみすといふなり

西瓜熟れすぎなるやすぐ割れり

南無妙法蓮華経墓洗ふ

大袈裟に蒼天翔る梅雨の雲

鳳仙花こぼれしままにまだありぬ

春雪の留まらむこと知らざるや

おなぢ人又現れり盆踊

夏の朝曇後大日輪となるだらう

空蟬の朽ちてをりすぐ崩れたり

大雨洪水雷注意梅雨前線

臥せしまに紅葉前線押し寄せむ

未だこの時刻もふ暗き日短

裏の方にて囁けり秋桜

秋空を仰がば心澄む如し

麗かや塵と埃と共にゐむ

露忽ちになく御空あるばかり

八十路の母のみる夢如何秋の星

いのち果つるを知りはせぬ蟬時雨

おもふことまとまらぬなり秋の夜

桜花片詫びつつ踏みゆけり

挨拶も残暑厳しき事のみや

朦朧としてをり真夏の昼寝覚

先づ湯を沸し珈琲を今朝の冬

沈むや否や浮ひて来む月見の団子

新米届き無沙汰をば詫び入りぬ

珈琲只今喉通過夜寒なり

刈られたる青草未だ勢ひあり

朝顔の雨蒙りて項垂れむ

初空をきのふの鴉と思はるる

野菊白し瞑りて嗅ぎにけり

久方に一同揃ひし冬夕餉

雨止むや否来て囀れり

潮風の奏でひる如蜜柑山

蚕豆の裂けむばかりに膨らみぬ

捩花の自在に咲くも又愛し

朝顔のもふ咲かぬなり今朝の空

柚子絞る種も少々落ちにけり

神のこゑ微かに聞こゆ聖夜なり

人ゆゑにしゃんと起きます冬の朝

茜空母のつくりし蒸し饅頭

吊し柿家族の数ほど戴きぬ

倒れたる稲刈る人の面厳し
振り向かば薊微笑まむ
今し方月と別れし吾が身なり

虫絶えてをり秋の土に還すらむ

名月ややうやう一句授かりぬ

春参りし寺のはなしの弾みをり

夕凪やはたと止みし人のこゑ

赤蜻蛉何処の山より降り来しや

赤蜻蛉茜の空に召されしや

あとがき

二〇〇〇年の春、俳句を愛するみなさまに、お会い出来ました事、大変光栄に存じます。また製作に際しましては、文芸社のスタッフのみなさまには、御指導、御協力を賜わりまして、無事出版のはこびに至りました事、深く感謝致しております。誠にありがとうございました。今後も常に自由な心を持ち、果てしなき俳句の道を歩み続ける所存でございます。

いつの日か、またみなさまにお会い出来ますれば、幸いに存じます。

安武貴美子

花蜜柑

2000年3月1日　　初版第1刷発行

著　者　安武貴美子《やすたけきみこ》
発行者　瓜谷　綱延
発行所　株式会社文芸社
〒112-0004　東京都文京区後楽2-23-12
電話　03-3814-1177（代表）
03-3814-2455（営業）
振替　00190-8-728265
印刷所　株式会社平河工業社

ISBN4-8355-0264-7 C0092